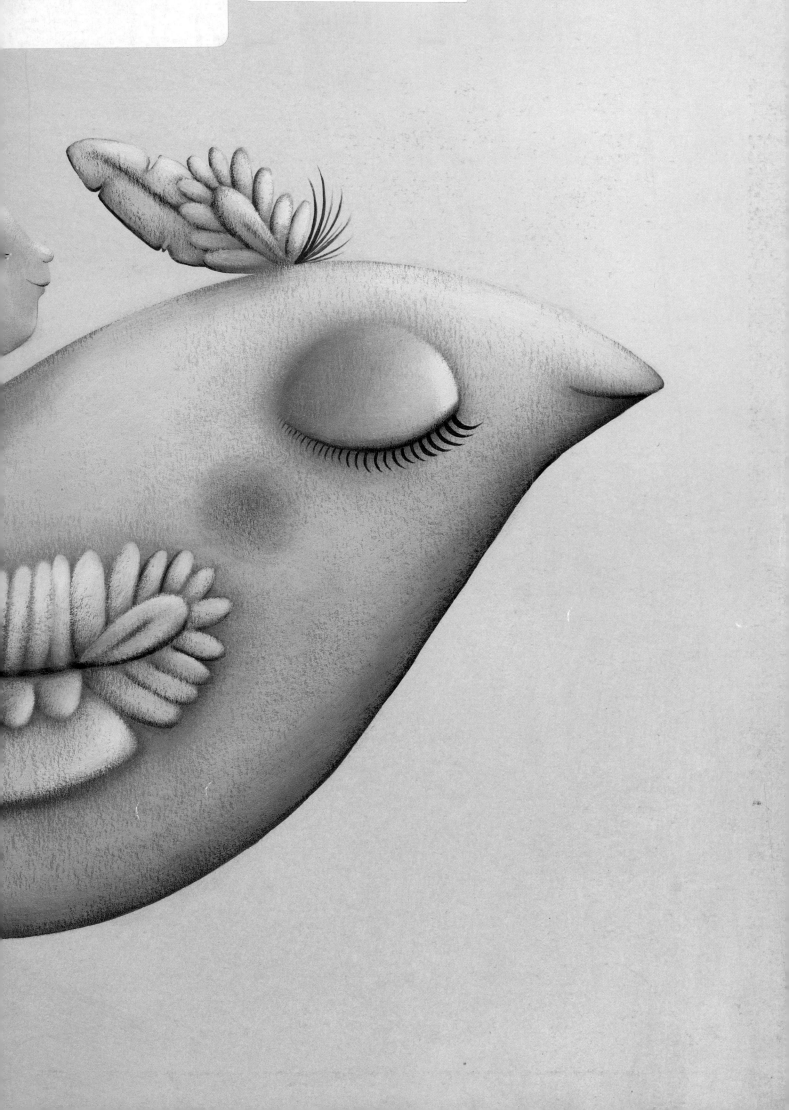

Puede consultar nuestro catálogo en www.edicionesobelisco.com / www.picarona.net

Hay amor para todos
Texto: *Sanja Pregl*
Ilustraciones: *Maja Lubi*

1.ª edición: octubre de 2015

Título original:
There's Enough Love to Go Round (inglés)
Ljubezni je za vse dovolj (esloveno)

Traducción: *Joana Delgado*
Maquetación: *Marta Rovira Pons*
Corrección: *M.ª Ángeles Olivera*

© 2011, Morfem Publishing House, Eslovenia. www.morfem.sl
(Reservados todos los derechos)
© 2015, Ediciones Obelisco, S. L.
(Reservados los derechos para la lengua española)

Edita: Picarona, sello infantil de Ediciones Obelisco, S. L.
Pere IV, 78 (Edif. Pedro IV) 3.ª planta, 5.ª puerta
08005 Barcelona - España
Tel. 93 309 85 25 - Fax 93 309 85 23
E-mail: picarona@picarona.net

ISBN: 978-84-16117-46-8
Depósito Legal: B-11.790-2015

Printed in India

Hay amor para todos

Texto:
Sanja Pregl
Ilustraciones:
Maja Lubi

Ésta soy yo, Zala.

Tengo un **papá** y una **mamá**.

MAMÁ

ABUELA

ABUELO

Y tengo dos abuelas y dos abuelos.

ÁRBOL GENEALÓGICO

PAPÁ

ABUELA   ABUELO

BISABUELO

BISABUELA

También tengo una bisabuela
y un bisabuelo.

Tías y tíos

Tengo unos cuantos tíos.
Creo que son ocho en total.

Mi familia también la forman
el novio de mi mamá y la novia de mi papá.
Mi mamá y mi papá ya no viven juntos.

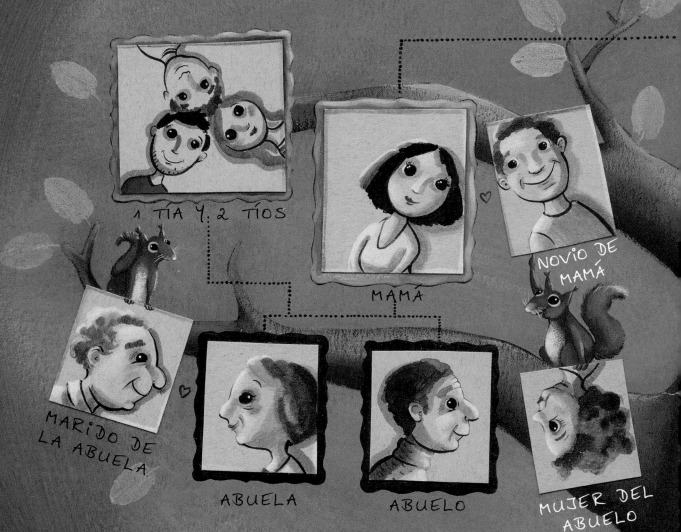

1 TÍA Y 2 TÍOS

MAMÁ

NOVIO DE MAMÁ

MARIDO DE LA ABUELA

ABUELA

ABUELO

MUJER DEL ABUELO

Por otra parte, algunos de mis abuelos
y mis abuelas tampoco viven juntos. Se
han vuelto a casar, así que tengo otro casi
abuelo y otra casi abuela.

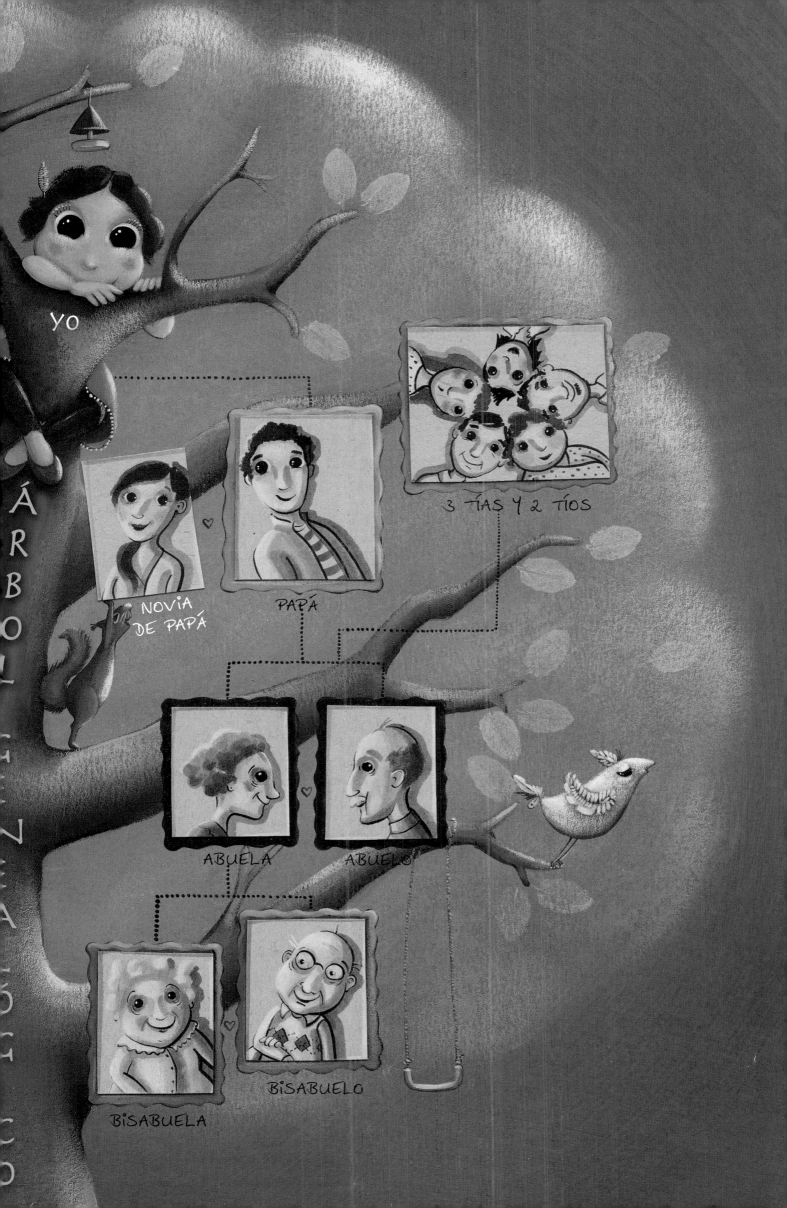

YO

ÁRBOL

NOVIA DE PAPÁ

PAPÁ

3 TÍAS Y 2 TÍOS

ABUELA

ABUELO

BISABUELA

BISABUELO

Todas estas personas me quieren mucho.

Y yo las quiero **muchísimo** a ellas.

Al **principio,**

los miembros de mi familia no lo entendían muy bien. No se daban cuenta de que yo les podía querer a todos ellos y también a los otros.

Pero yo soy una chica **lista**.

Les he enseñado que hay amor suficiente para todos. Quiero a mi mamá, a mi papá, a mis abuelas, a mis abuelos, a mis tías y a mis tíos, desde siempre, desde que tengo uso de razón. También quiero al novio de mi mamá y a la novia de mi papá desde que les conozco mejor. Y ahora les quiero a todos.

También tengo un perro. Es un perro de peluche que se llama *Timmy*. No voy a ningún sitio sin él. Y tampoco puedo dormir sin él.

Lo quiero mucho.

Hace unos días que tengo otro perro.

Es un perro de juguete que **ladra**.

Le puse de nombre *Rosie*. Cuando apareció *Rosie*,
me sentí un poco rara durante unos cuantos días.

Al principio sólo jugaba con *Rosie*. No me acordaba de *Timmy* hasta la noche, cuando le abrazaba en la cama. Me sentí fatal. Pensaba que como no había pensado en él durante todo el día había dejado de quererle.

¡Guau, guau!

¡Guau, guau!

Pero ahora ya me siento mejor.
Mamá me ha recordado que

siempre hay **suficiente** amor para todos

Quiero mucho a mis dos perros, aunque no siempre piense en ellos.

Me gusta jugar con uno,

y **abrazar** al otro.

Con mi **familia** me pasa igual.

Aunque no esté todo el tiempo con ellos o no siempre piense en ellos, les sigo queriendo a todos: a mamá, a papá, a mis abuelas, a mis abuelos, a mis tías, a mis tíos, a la novia de papá, al novio de mamá, a *Timmy*, y ahora también a *Rosie*.

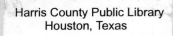